collection cascade

policier

MICHEL AMELIN

MISSION PAS POSSIBLE

ILLUSTRATIONS DE PIERRE DUBA

RAGEOT • ÉDITEUR

Collection dirigée par Caroline Westberg

Couverture de Jérôme Brasseur
ISBN 2-7002-2646-1
ISSN 1142-8252

1

Je marche avec prudence sous les sapins de Sibérie. La neige étouffe mes pas. Ma main ne tremble pas. Je tiens un pistolet à seringue. L'ours se cache tout près. Je le sens...

Ma mission est simple : je dois capturer cet ours brun, car ses griffes ont été recouvertes de cyanure par un dangereux terroriste !

Pour accomplir ma mission, il me faut :

– débusquer l'animal,

– l'endormir avec mon pistolet à seringue,

– le ligoter avec un filet que je porte dans ma poche droite,

– lui couper ses ongles empoisonnés avec mon sécateur de randonnée,

– le traîner jusqu'au bureau de mon chef.

Je frissonne. Pourtant, il ne fait pas froid. Ce doit être la peur qui s'infiltre en moi. Je contourne le tronc d'un sapin et bute contre un gros rocher.

« Parfait ! me dis-je. Je vais m'asseoir un peu pour me reposer. »

Le rocher a une drôle de consistance. Il est recouvert d'une herbe douce comme des poils. Mes fesses s'y enfoncent profondément.

Bizarre mais, en tout cas, c'est confortable !

– Grrrr ! fait le rocher.

Je bondis en l'air. Quel idiot je suis ! Ce n'est pas un rocher.

C'est l'ours-aux-griffes-recouvertes-de-cyanure-par-un-dangereux-terroriste !

Il se dresse devant moi, menaçant. Il lève ses deux pattes. Ses griffes vernies par le poison brillent sous le soleil de Sibérie.

– Grrrrr ! Grrrrr !

Je vais tomber raide mort de frousse. Vite, mon pistolet à seringue !

Je vise la masse pleine de poils, mais l'animal m'envoie valser contre le tronc. Le pistolet disparaît dans la neige. Je suis à moitié assommé. L'ours se précipite sur moi, griffes en avant. J'ai juste le temps de garer ma tête. Les griffes se plantent dans le sapin.

Je bondis sur mes pieds et cavale dans la

neige jusqu'à une grotte que j'ai repérée en venant. Si je l'atteins avant la grosse bête qui me poursuit, j'aurai le temps de déplier mon filet...

J'entends un bruit derrière moi. Ouf ! L'ours vient de déraper sur une plaque de verglas. Il glisse en poussant un grognement surpris. Je parviens à l'entrée de la grotte. Je sors le filet de ma poche. Il est emmêlé ! Le matériel du MIAOU est vraiment nul ! Je le démêle et le suspends au-dessus de l'entrée de la grotte. Voilà ! Le piège est installé. Quand le plantigrade se pointera, je tirerai sur le fil transparent que j'ai accroché à mon petit doigt et le filet s'effondrera pour emprisonner la bête...

– Grrr ! Grrr !

Mon cœur bat à cinq cents à l'heure. Je recule au fond de la grotte.

La silhouette de l'ours-aux-griffes-recouvertes-de-cyanure-par-un-dangereux-terroriste se découpe à l'entrée de la grotte. Je hurle à pleins poumons :

– Viens jusqu'ici, espèce de gros machin poussiéreux ! Je n'ai pas peur de toi !

Je m'apprête à tirer un coup sec sur le fil que j'ai noué.

– Approche, nounours ! Approche !

Un grognement méfiant me répond.

Les animaux ne sont plus ce qu'ils étaient. Avant, ils étaient plus dociles.

L'animal tapote les parois de la grotte avec ses griffes. Comme il fait sombre, il avance prudemment. Zut ! Il lève la tête et aperçoit le filet. Il saute en arrière. Je tire si fort sur mon fil que je crois que mon petit doigt va s'arracher. Le filet se décroche de travers. Je tire encore. Le filet se balance… et me tombe dessus !

Je crie en me débattant. Mais plus je me débats, plus je m'entortille dans les mailles du piège ! Je ne peux bientôt plus faire un geste. Les pattes croisées sur la poitrine, l'ours s'approche tranquillement, brandit ses griffes recouvertes de cyanure et me susurre d'une voix douce :

– Tu as perdu, Arnold.

– Mais tu n'as pas le droit de parler ! Tu es un ours trafiqué par un terroriste.

– Je vais te griffer et t'inoculer le poison, me répond l'ours en se penchant vers moi. Espèce de nul ! Tu n'es même pas capable de te servir des armes que te fournit le MIAOU.

– Le filet était emmêlé. J'ai mis des heures à l'installer. Ce n'est pas ma faute.

L'ours soupire. Il saisit sa tête entre ses pattes et tire pour l'enlever. Dessous, il y a la tête humaine de Paméla, ma collègue agent secret du MIAOU, le Mouvement International pour les Animaux Opprimés et Utilisés.

– Je crève de chaud dans cette combinaison en fourrure. Au prochain entraînement, c'est toi qui feras l'ours, Arnold.

– Délivre-moi !

– Quel culot ! Je vais te traîner jusqu'au bureau du chef pour bien lui montrer que c'est encore moi qui ai gagné, ce qui me fait...

Elle sort une calculette de sa combinaison d'ours et déclare, triomphante :

– Dix-neuf de moyenne générale. Si j'avais perdu, j'aurais eu dix-sept !

– Je t'en prie, Paméla ! Délivre-moi et prends ma place dans le filet. Laisse-moi dire au chef que c'est moi qui ai réussi à te capturer ! Mes notes d'entraînement sont trop basses. Je ne pourrai pas partir en mission.

– Pour partir, répond Paméla en secouant ses longs cheveux blonds, il faut quinze de moyenne aux exercices.

– Tu seras envoyée en mission, de toute façon, puisque tu dépasses quinze. Mais pour moi, ce n'est pas pareil. Rends-moi service, Paméla. Je vais te dire mes notes : seize, quinze, douze, onze, dix, huit.

Elle tapote au fur et à mesure sur sa calculette.

– Tu as perdu, Arnold. Tu obtiens douze !

– Je t'en prie ! Je ne veux pas rester dans le camp d'entraînement ! Si on dit que j'ai gagné la chasse à l'ours, j'aurai combien ?

– Quinze tout rond.

Je regarde Paméla avec mon air de chien battu.

– Je suis vraiment bonne poire, soupire-t-elle en me délivrant. C'est d'accord, je prends ta place.

Je l'entortille dans le filet et la traîne hors de la grotte, le cœur gonflé de joie. Je vais être sélectionné pour ma première mission. Tralala !

2

Le camp d'entraînement des agents secrets du MIAOU est installé au milieu d'anciens décors de cinéma. Les sapins de Sibérie sont en plastique, la grotte est fabriquée avec du contreplaqué. La neige ne fond jamais, car elle est en polystyrène...

Paméla pèse lourd. Je la traîne à travers le décor.

– Ouille ! Tu pourrais faire attention, Arnold ! C'est la troisième grosse pierre qui me laboure le dos !

– Ne t'inquiète pas ma vieille ! Nous sommes arrivés.

Une porte se dresse devant moi. Un panneau précise :

Sortie de la Sibérie

Poussez fort et refermez bien la porte derrière vous

Je flanque un coup de pied dans la porte qui s'ouvre sur le désert du Sahara. Deux autres agents secrets montés sur des dromadaires sont en train de s'y entraîner. Paméla a du sable plein la fourrure. Nous arrivons devant une porte blindée. Je tape mon code d'accès. La porte s'ouvre. Je tire ma capture dans un grand hall et appuie sur le bouton d'un ascenseur.

Nous montons jusqu'au dernier étage, où se trouve le bureau du chef du MIAOU.

Trois pitbulls montent la garde. Je les caresse en passant.

– J'ai pas de sussucre pour les chienchiens. Ce sera pour la prochaine fois.

Ils reniflent Paméla dans son costume d'ours, l'identifient enfin et retournent se coucher. Je frappe à la porte du bureau. Elle s'ouvre.

Le chef trône derrière sa table de travail. Pour se vieillir, il porte des lunettes grandes comme des aquariums. Des dizaines d'écrans d'ordinateur l'entourent. Six téléphones sont posés devant lui.

– Bravo, Arnold ! me lance-t-il. Je commençais à désespérer de toi. D'après ce que je vois, tu es parvenu à remporter la victoire.

– Facile ! dis-je en posant un pied sur la dépouille de l'ours.

– Ouille ! râle Paméla.

– Tu peux délivrer ta collègue, lance le chef. J'ai calculé la moyenne générale de vos entraînements à tous les deux. Et je crois que je vais vous confier votre première mission pour le MIAOU.

Je suis très fier. Je sors mes ciseaux de couturière et je coupe les mailles du filet. Paméla se lève en m'adressant un clin d'œil.

Le chef fouille dans ses dossiers.

– Ah ! Voilà quelque chose qui devrait vous convenir ! Il existe en Angleterre un élevage de lapins qui nous pose problème. C'est à Angora, à cent kilomètres de Londres. Lady Carott, la propriétaire, veut à tout prix gagner le Grand Concours Royal des Lapins. Pour cela, elle se livre à des manœuvres terribles : enlèvements de lapins, dopage, trafics d'hormones génétiquement modifiées, nourriture synthétique. Elle a déjà été repérée par le FBI et Interpol. Ils nous ont transmis sa fiche par Internet. La voilà.

Le chef nous tend une photo. Lady Carott a les cheveux blancs et les yeux rouges.

– Le flash était trop fort, explique le chef. La photo est surexposée.

Ouf ! Je n'avais pas très envie, pour ma première mission, de lutter contre une femme aux yeux de vampire.

Un texte est imprimé sous l'image de la dame :

Lady Carott

Soixante ans.
Un mètre quatre-vingt-quinze et toutes ses dents.
Possède une fortune de 900 000 000 000 000 000 euros.
Propriétaire d'un élevage de lapins rares à Angora (Grande-Bretagne).
Se livre à des manipulations génétiques très dangereuses.
A des ambitions politiques.
À surveiller étroitement avant qu'elle n'aille trop loin.

– Vous allez vous rendre là-bas et enquêter, reprend le chef en nous agitant le document sous le nez. Je veux votre rapport le plus vite possible.

– Oui, chef ! hurlons-nous, Paméla et moi, de tout notre cœur.

– Passez par le secrétariat pour prendre vos billets d'avion et les instructions.

Le chef se lève et contourne son bureau. On ne voit que le sommet de sa tête qui dépasse. Il est obligé de grimper sur sa chaise pour nous faire son discours.

– Paméla ! Arnold ! C'est un grand moment ! Vous êtes les plus jeunes agents secrets du MIAOU. Montrez-vous dignes de l'espoir que nous mettons en vous.

– Oui, chef !

– Découvrez ce que mijote Lady Carott. Si vous réussissez, je vous confierai d'autres missions. Si vous échouez, tant pis pour vous. Vous vous rappelez les commandements du MIAOU ?

Nous entonnons les paroles apprises par cœur :

– Les animaux, tu sauveras
Mais jamais tu ne parleras.
MIAOU secret restera.

– C'est bien, dit le chef. Notre existence doit rester inconnue du monde. Sinon...

Il n'achève pas sa phrase, mais son pied

appuie sur un bouton qui sort du plancher.

Une trappe s'ouvre. Paméla me prend le bras. Je plonge mon regard dans le puits qui vient d'apparaître.

Au fond, trois crocodiles pleins de dents attendent leur nourriture.

– Si vous échouez, vous irez leur rendre visite, dit le chef. Partez, maintenant. Le MIAOU veille sur vous !

Nos sacs à dos sont remplis de matériel spécialisé. Un pistolet à seringue, une radio, un plan détaillé de l'Angleterre, des lunettes qui permettent de voir la nuit, des combinaisons de survie, de la nourriture déshydratée, une encyclopédie sur les lapins, une boussole, un ordinateur portable, trois kilos de carottes et deux choux. Nous emportons aussi les œuvres complètes de Beatrix Potter, une auteur et illustratrice anglaise du début du XXe siècle qui est devenue célèbre grâce à ses histoires de lapins : *Pierre Lapin*, *Jeannot Lapin*, *La famille Flopsaut*, etc. Paméla pense que nous devons être très documentés pour enquêter sur l'élevage de Lady Carott.

Nous nous dirigeons vers l'avion qui nous attend en faisant vrombir ses moteurs. Une hôtesse de l'air, en haut de la passerelle, nous adresse son plus beau sourire :

– Pauvres enfants ! s'exclame-t-elle. Si

vous partez pour le pôle Nord avec votre campement sur le dos, je vous préviens tout de suite que vous vous trompez d'avion.

– Pas du tout, en fait nous sommes agents secrets, dis-je sans réfléchir. Et nous partons en mission chez...

Paméla me flanque un coup de pied dans les tibias.

– Mon copain adore raconter des histoires, chère madame l'hôtesse de l'air. Nous allons en voyage linguistique en Angleterre, car nous avons eu de mauvaises notes au collège. Nous devons y rester un an. C'est pour cette raison qu'il nous faut autant d'affaires.

L'hôtesse de l'air hoche la tête.

– Les bagages vont dans la soute, dit-elle en balançant nos sacs.

Elle saisit les billets et poursuit :

– Vous voyagez en première classe ! Vos parents sont généreux.

– Ce ne sont pas nos parents, dis-je. C'est le MI...

Nouveau coup de pied. Quel idiot je suis ! Je ne peux donc pas tenir ma langue ?

L'hôtesse nous laisse passer. Paméla marche dans la travée centrale jusqu'à sa place. Je la suis. Elle balance son sac dans le coffre au-dessus de nos sièges. Je l'imite. Elle s'installe en grondant entre ses dents.

– Quel crétin, tu fais, Arnold ! éclate-t-elle. Tu es prêt à raconter à n'importe qui que nous faisons partie du MIAOU !

– Ce n'est pas ma faute. Je suis tellement excité par cette première mission.

– À l'avenir, tiens ta langue ! Je n'ai pas envie de finir dans la gueule d'un crocodile, moi.

Je frissonne. Paméla a raison. Il faut que je surveille mes propos...

Une grande femme passe à côté de nos sièges. Elle porte un manteau de fourrure. Elle s'installe devant nous. Paméla me donne un coup de coude dans les côtes.

– Ouille !

– Tu as vu ? me souffle-t-elle.

– Quoi ?

– Le manteau ! C'est du lapin !

L'avion décolle, direction Londres. Les maisons deviennent de plus en plus petites. Les nuages les cachent bientôt. Je sors *Pierre Lapin* de ma poche. L'histoire est super ! C'est un peu bébé, mais je n'ai jamais été bon en lecture. Paméla, elle, est déjà plongée dans sa carte de l'Angleterre.

Pierre Lapin raconte l'histoire d'un petit lapin qui entre en cachette dans le jardin de M. MacGregor. Il mange tellement de salades et de navets qu'il est malade et se retrouve pris au piège. M. MacGregor le poursuit et manque de l'attraper ! J'en suis au passage où Pierre se jette dans un arrosoir pour se cacher quand je sens un regard vissé sur moi.

Je relève la tête. La femme au manteau de fourrure me fixe. Elle est rousse, avec des yeux verts. Je n'ai jamais été très doué pour évaluer les âges. Elle doit avoir entre vingt-deux et cinquante-huit ans. En tout cas, elle est très vieille... Elle me sourit. Des incisives larges comme des touches de piano apparaissent. Bonjour le dentier !

Je lui rends son sourire, car je suis très poli. Elle met un doigt sur sa bouche, se lève et me fait signe de la suivre. Quel est ce mystère ? Je jette un coup d'œil vers Paméla. Elle s'est endormie ! Je me lève à mon tour, piqué par la curiosité. Que veut me dire cette mystérieuse femme vêtue d'un manteau de lapin ?

Elle se faufile dans la mini-cuisine de l'avion. Je la rejoins.

– Tu lis notre Livre Secret, chuchote-t-elle.

Tu fais donc partie de notre Société Secrète. Je suis Mme MacGregor.

Incroyable ! Je rencontre une personne qui porte justement le même nom que le jardinier de l'histoire de Pierre Lapin !

– Et toi, comment te nommes-tu ?

Je m'apprête à dire que je m'appelle Arnold et que j'appartiens au MIAOU mais, heureusement, je me retiens. J'allais encore me trahir. Mon cerveau fonctionne à toute vitesse. Mme MacGregor ne doit pas être le vrai nom de cette femme, mais un pseudonyme ! Il faut donc que je choisisse moi aussi un pseudonyme en rapport avec le livre pour lui faire croire que je fais vraiment partie de sa Société Secrète.

– Je m'appelle Pierre.

Elle semble satisfaite. Je pousse un soupir de soulagement.

– Pierre, me dit Mme MacGregor. Est-ce que tu te rends au grand rendez-vous de Lady Carott ?

Mon sang se glace. Je suis tombé par hasard sur une complice de la femme qui exploite les lapins anglais !

– Heu... oui... ou plutôt non !

Mme MacGregor fronce les sourcils.

– Tu es bien jeune pour faire partie de notre Société Secrète, reprend-elle en me considérant de ses yeux soupçonneux. Qui t'y a fait entrer ?

– Heu... je ne m'en rappelle plus très bien... mon tonton, je crois.

– Ton tonton ? Comment s'appelle-t-il ?

La panique me gagne. Je commence à perdre les pédales. Si seulement Paméla était là ! Je dis le premier prénom qui me passe par la tête.

– Mon tonton Raymond !

– Tonton Raymond ?

Mme MacGregor me jette un mauvais regard.

– Je ne connais personne qui s'appelle Raymond.

– Heu...

– Je crois que je commence à comprendre, dit Mme MacGregor après un lourd silence. Tu es un espion, n'est-ce pas ?

J'avale ma salive. La main de Mme MacGregor plonge dans un étui caché sous son manteau. Elle va brandir une arme ! J'écarquille les yeux. Elle vient de sortir un rat vivant qu'elle pointe vers moi, museau contre mon ventre !

– Tu es fichu, chuchote-t-elle. Je déteste les espions.

4

– Il est impossible de passer des armes à cause des systèmes de sécurité des aéroports, poursuit Mme MacGregor. Mais nous avons d'autres moyens. Encore plus dangereux. Ce rat apprivoisé porte le germe de la peste bubonique.

Je contemple le rongeur aux yeux rouges. C'est vrai qu'il n'a pas l'air d'être en bonne santé.

– Un mot de moi, et il te mord.

– Je vous en prie, madame MacGregor, dis-je en tombant à genoux. Je suis orphelin. Je suis encore jeune. Je ne veux pas mourir d'une façon aussi épouvantable.

– Alors, avoue ! Qui t'envoie ?

– Personne ! Je lisais ce livre par hasard.

– Menteur !

Le rat frétille dans sa main. Mme MacGregor me l'applique sous le nez. Il a l'air fasciné par mes narines. Vite ! Il faut que je me rappelle mes cours du MIAOU sur les rongeurs. Ils réagissent à certains bruits. Est-ce que c'est pouêt-pouêt, tiiiiit ou splach ?

– Mords-le ! lance Mme MacGregor.

Elle lâche le rat qui me saute dessus. Je me mets à siffler :

– Tiiiiiit !

Mme MacGregor se plaque les mains sur les oreilles. Le rat tombe par terre, bouche ouverte, yeux dilatés.

Pour plus de sécurité, je continue mon sifflement pendant une minute. Le rat se raidit.

Ouf ! J'ai choisi la bonne note. C'est une note très aiguë qui paralyse les rongeurs. Je l'ai apprise en cours accéléré au MIAOU.

Je prends le rat par la queue et le jette dans la poubelle de la mini-cuisine. Mais quand je me retourne, Mme MacGregor a enlevé les mains de ses oreilles et s'est redressée. Elle fouille ses poches à la recherche d'une nouvelle arme, mais je vois une pile de plateaux aluminium se lever au-dessus d'elle et s'abattre sur son crâne.

– Dong ! fait Mme MacGregor comme si elle était devenue une cloche.

Elle bascule en avant, assommée.

– Je suis arrivée à temps, dit Paméla en

reposant sa pile de plateaux sur une table roulante.

Je hurle :

– Cette femme appartient à la Société Secrète de Lady Carott !

– Fouillons-la !

J'ai peur de découvrir d'autres rats embusqués dans les poches intérieures de son manteau. Mais il n'y a qu'un téléphone portable et une carte de crédit en forme de lapin cachée dans la doublure.

Je ricane :

– Je me demande quelle banque donne de telles cartes de crédit ? On doit être payé en granulés et en trognons de choux.

– Réfléchis, Arnold ! me répond Paméla. Cette carte ressemble à un passe-partout. Prenons-la, je suis certaine qu'elle nous servira.

– Qu'est-ce qu'on en fait ? dis-je en désignant Mme MacGregor évanouie.

Paméla regarde sa montre.

– Nous allons atterrir dans quelques minutes. Planquons-la dans les toilettes !

Nous la tirons dans le passage. Il faut faire vite, l'hôtesse de l'air peut survenir d'un instant à l'autre.

Mais les toilettes sont fermées. Paméla tambourine à la porte.

– C'est occupé ! hurle une voix d'homme.

– Pressez-vous ! crie Paméla. Notre tante est très malade. Elle va vomir.

Le passager sort immédiatement, attrape Mme MacGregor sous les bras et la tire dans les toilettes.

– Ne vous inquiétez pas, nous dit-il en lui calant la tête dans la lunette des W-C, ça arrive souvent. Retournez à votre place, je m'occupe d'elle.

C'est génial de tomber sur des gens serviables.

Nos sacs sur le dos, nous tanguons dans l'aéroport comme des pingouins sur la banquise. Tout est écrit en anglais. C'est normal puisque nous sommes en Angleterre ! Comme je n'ai jamais appris l'anglais, je trouve que notre mission commence mal. J'aurais préféré que le chef nous envoie en petite Bretagne française plutôt qu'en Grande-Bretagne anglaise…

Paméla se précipite vers la sortie.

– Pourquoi tu cours comme ça ?

– Mme MacGregor a dû revenir à elle dans les toilettes de l'avion ! Je n'ai pas envie que la police de l'aéroport nous mette la main dessus.

Cette pensée me donne des ailes. Des policiers vont surgir de partout ! Pressons-nous !

Dehors, une file de taxis attend les clients. Paméla saute dans une Rover.

– T'es folle ! dis-je. L'élevage de Lady

Carott est à cent kilomètres ! Ce taxi va nous coûter une fortune !

– Ne t'inquiète pas, Arnold. Le MIAOU dépense sans compter pour cette enquête.

Le chauffeur porte un turban hindou. Il pose une question que je ne comprends pas. Paméla, qui a toujours été première en anglais, répond hyper vite. Le chauffeur sourit et démarre.

Avant d'arriver à Londres, la Rover prend une bretelle d'autoroute et file dans la campagne. Direction : Angora.

Paméla sort un poudrier vide de sa poche et commence à se tapoter les joues. Quel comportement bizarre !

– Si tu veux avoir un teint de star, ma vieille, il faudrait qu'il y ait de la poudre dans ta boîte !

– Je n'ai pas besoin de maquillage, Arnold. La petite glace ronde de cette boîte me sert de rétroviseur.

– Pour quoi faire ? Ce n'est pas toi qui conduis. Tu n'en as pas besoin.

– On ne t'a jamais appris qu'il fallait

toujours surveiller ses arrières quand on est agent secret ?

– Tu veux dire qu'on risque d'être suivis ?

– En effet !

Je regarde dans le rétro intérieur du taxi. Une fourgonnette blanche déglinguée roule derrière nous.

Aucun danger. Je me renfonce dans la banquette de cuir. Paméla s'énerve.

– Ce véhicule nous suit depuis l'aéroport. Ce n'est pas normal.

Elle se penche et tapote sur l'épaule du chauffeur pour lui dire d'accélérer.

La Rover met le turbo. La fourgonnette reste sur place. Elle ne doit pas dépasser les cent kilomètres heure.

– Il n'y a aucun danger, dis-je. Les terroristes n'utilisent pas ce genre de poubelle ambulante.

Paméla soupire et range son rétroviseur personnel.

En moins de quatre secondes, la fourgonnette blanche nous a rattrapés !

Je me mets à chanter la chanson dynamique du MIAOU :

– Chauffeur, si t'es champion, appuie sur le champignon !

Paméla traduit du mieux qu'elle peut et notre chauffeur est sensible aux notes magiques. La Rover fonce à tombeau ouvert. La fourgonnette commence à nous doubler.

Mon cœur s'arrête de battre. Il y a un lapin dessiné sur la portière !

– Encore des membres de la Société Secrète ! vocifère Paméla. Mme MacGregor a dû les prévenir grâce à son portable quand elle a repris connaissance. Elle leur a ordonné de nous suivre !

Je ne peux plus m'arrêter de chanter :

– Chauffeur, si t'es champion, appuie sur le champignon !

La Rover met les gaz.

Nous traversons la riante campagne anglaise. De jolies maisons blanches sont tapies au milieu de prairies bordées de petits murets. Il y a des moutons et des vaches de-ci de-là...

– Chauffeur, si t'es champ...

– Arrête de chanter cette chanson idiote ou je t'étrangle ! me lance Paméla avec un regard meurtrier.

Je ferme la bouche. La fourgonnette nous heurte sur le côté.

Je me mets à beugler :

– Au secours ! Au secours ! Je ne veux pas mourir ! Je suis orphelin !

La Rover s'écarte, mais la fourgonnette se rabat une seconde fois sur nous. Blang !

La Rover quitte la route. Nous sommes au bord d'un ravin sans fond !

– Ouvre ta porte ! crie Paméla. Et saute !

– N'oublie pas les sacs à dos !

– On n'a pas le temps ! Saute !

La Rover reste un instant en équilibre. En bas, une adorable rivière serpente entre les coteaux.

– Mais si on laisse les sacs à dos on n'aura plus rien.

– Tu vas discuter encore longtemps ?

Paméla bondit dans le fossé. La Rover dégringole. Le chauffeur se bat avec sa ceinture de sécurité.

J'ai horreur des missions qui se terminent trop vite.

J'étais venu enquêter sur un trafic de lapins et je me retrouve écrasé dans un ravin anglais !

– Adieu ! Monde cruel !

Je saute à mon tour et j'atterris dans un buisson d'orties ! Aïe aïe aïe ! Une petite glissade à plat ventre sur quelques bouses de vache et je m'arrête tête la première dans un terrier.

6

Le dieu des agents secrets doit veiller sur moi, car j'ai la tête enfoncée dans un terrier de lapin ! Je suis certain que si j'attends un peu, Pierre, Jeannot et toute la famille Flopsaut vont venir me grignoter le bout du nez !

Mais ma position est inconfortable, j'étouffe. Soudain des mains s'emparent de mes chevilles et me tirent en arrière sans ménagement. Ma tête sort du terrier en emportant quelques mottes. C'est Paméla, des marguerites dans les cheveux.

– Grâce à l'entraînement sportif intensif du MIAOU, nous nous en sommes tirés ! s'exclame-t-elle.

– Et le chauffeur ?

Paméla me désigne la Rover qui s'enfonce lentement dans la rivière, tandis que le conducteur se hisse sur la berge.

– Il s'en est sorti lui aussi ! Il n'en est pas de même pour sa voiture.

– Allons chercher des secours, dis-je.

– Pas question ! Nous devons poursuivre notre mission. Le chauffeur parviendra bien à remonter. Nous ne sommes pas loin d'Angora.

Paméla m'entraîne vers la route. La pente est rude. Je me désole :

– Nous avons perdu tout notre matériel ! L'ordinateur portable, les carottes, l'encyclopédie sur les lapins, la boussole... Qu'est-ce qu'on va devenir ? Des agents secrets ne peuvent pas réussir une mission sans matériel.

– C'est ce qu'on verra ! répond Paméla d'un ton sans réplique.

Soufflant, suant, nous parvenons enfin sur la route. Les voitures passent à toute vitesse.

– Nous allons faire du stop ! dit Paméla. Toi, tu te caches dans le fossé.

– Et pourquoi donc ?

– Parce que tu es trop moche.

– Ce n'est quand même pas ma faute si j'ai glissé dans des bouses de vache et si j'ai la tête pleine de terre !

– Fais ce que je te dis !

En grommelant, je me recroqueville dans le fossé. Paméla se poste sur le bord du macadam, pouce levé. Un sourire radieux illumine son visage. Les marguerites frémissent dans ses superbes cheveux blonds. La première voiture s'arrête dans un crissement de freins.

– Angora ? demande Paméla en se penchant à la portière.

D'un geste discret, elle m'ordonne d'approcher. Je sors de ma cachette. Le chauffeur est un jeune Anglais distingué qui sourit à Paméla d'un air hyperséducteur. Mais quand il me voit, son sourire fait place à une grimace de dégoût. Je ne dois vraiment pas être beau à voir !

Paméla ouvre la portière et me pousse dans la voiture. Elle s'assoit à côté du chauffeur qui démarre en se bouchant le nez.

Notre mission continue !

Angora est un charmant village anglais si petit que le temps de lire la pancarte de bienvenue, on en est déjà sortis. Notre chauffeur, d'une voix nasillarde, car il se bouche toujours le nez en conduisant, nous indique une grande propriété encerclée de hauts murs surmontés de barbelés.

– Lady Carott !

Il freine. Paméla descend en le remerciant. Je lui emboîte le pas, suivi par les mouches que j'ai récupérées sur les bouses de vache. La voiture repart sur les chapeaux de roues.

– Approchons-nous avec prudence ! commande Paméla.

Nous nous jetons à plat ventre et nous rampons sur la pelouse. Des miradors pointent leur tête au-dessus des rouleaux de barbelés. Cet élevage de lapins est mieux gardé que la banque d'Angleterre ! Une magnifique pancarte est fixée sur la porte d'entrée :

Je m'étonne et souffle à Paméla :

– Je croyais qu'elle élevait des lapins ? C'est quoi des rabbits ?

– Ça veut dire lapins en anglais ! Quelle banane tu fais ! Je commence à regretter d'avoir trafiqué mes notes pour monter ta moyenne.

Profondément vexé, je ne réponds pas. Il va falloir que je prouve à Paméla que je suis un bon agent secret. Sinon elle me méprisera toute sa vie. Et ça, je ne pourrai pas le supporter !

Paméla rejette ses longs cheveux en arrière et se gratte la tête. Elle est adorable quand elle réfléchit.

– Il faut que nous entrions dans la propriété sans être vus. Inutile de sonner, on ne nous ouvrira pas et l'escalade est impossible à cause des miradors. Qu'est-ce que tu proposes ?

– On pourrait creuser un tunnel ? Il y a certainement des tas de lapins qui cherchent à s'enfuir de cet élevage. Ils ont dû commencer à creuser un peu partout. Il nous suffit de sonder le bas des murs centimètre par centimètre.

– La propriété Carott est un carré de deux kilomètres de côté. Quand nous arriverons au bout de tes centimètres, nous aurons des cheveux blancs !

Un klaxon résonne à cet instant. Une Rolls Royce énorme et noire s'avance sur le chemin. Elle s'arrête devant la haute porte d'entrée et klaxonne une nouvelle fois. Le chauffeur est une femme. Mme MacGregor ! Elle porte elle aussi un turban hindou sur la tête…

7

– Vite ! me jette Paméla.

Nous rampons derrière la Rolls Royce. Je tousse. C'est peut-être une voiture qui coûte une fortune, mais les gaz qui s'en échappent ne sentent pas la rose. Paméla saisit la poignée du coffre arrière. Elle le lève rapidement, se glisse à l'intérieur et me tire à sa suite.

Nous entendons la porte de la propriété s'ouvrir. La Rolls Royce avance en faisant crisser les graviers sous ses luxueux pneus.

Nous sommes entrés !

Mme MacGregor quitte sa voiture. Nous restons enfermés dans le coffre. Même dans les coffres de Rolls Royce, il fait noir. Une question m'obsède :

– Pourquoi Mme MacGregor porte-t-elle un turban hindou sur la tête ? Tu crois qu'elle s'est déguisée en chauffeur de taxi ?

– Je ne sais si tu t'en rappelles, répond Paméla. Mais, dans l'avion, je lui ai flanqué une pile de plateaux alu sur le crâne ! Elle avait une bosse grosse comme un œuf d'autruche. Ce turban est un pansement que l'infirmerie de l'aéroport vient de lui poser ! Bon, arrête avec tes questions idiotes, Arnold ! Aide-moi à ouvrir le coffre sans faire de bruit.

Nous poussons. Aucun résultat.

– Qu'est-ce que tu fabriques ? grogne Paméla.

– Le coffre est fermé.

– Pourtant je ne l'ai pas claqué sur nous quand nous sommes montés. Nous ne pouvons donc pas être prisonniers. Il doit s'ouvrir sans problème.

– Heu… je crois que c'est de ma faute. Je sentais un petit courant d'air, alors je l'ai tiré à fond.

– Tu veux dire qu'on va rester des heures et des heures coincés dans ce coffre à attendre tranquillement que la mère MacGregor nous trouve et nous fasse payer sa bosse ?

– La moquette est confortable. On pourrait piquer un petit somme.

– Et dire que tout notre matériel est resté dans nos sacs à dos et que ce sont les carpes anglaises qui en profitent maintenant ! J'avais une mini-perceuse à percussion silencieuse...

– Dommage, dis-je. En tout cas, nous sommes entrés dans le domaine. C'est le principal.

– Je ne veux pas mourir asphyxiée avec un crétin.

– Attends, je vais te donner de l'air.

J'ouvre le coffre et je le soulève légèrement. La lumière du jour glisse jusqu'aux yeux écarquillés de Paméla.

– Comment t'as fait ? chuchote-t-elle.

– Figure-toi que les Rolls Royce sont des voitures pour les gens très riches. Il existe une poignée de sécurité intérieure qui permet de sortir du coffre. Ce doit être pour les domestiques...

– Tu ne pouvais pas le dire avant ?

– Je voulais te faire une surprise.

Nous nous faufilons jusqu'au château. La fourgonnette blanche avec le lapin dessiné dessus est garée à quelques mètres du perron.

Je flanque un coup de coude dans les côtes de Paméla.

– Regarde, la fourgonnette blanche avec le lapin dessiné dessus !

– Tu as raison. C'est bien la fourgonnette blanche avec le lapin dessiné dessus qui nous a poussés dans le ravin.

– Tu crois que les chauffeurs de cette fourgonnette blanche avec le lapin dessiné dessus sont dans le château ?

– Arrête de parler de cette fourgonnette ou je deviens folle. Nous arrivons au bon moment, Arnold. Les membres de la Société Secrète sont réunis. Nous allons savoir ce que manigancent Lady Carott et ses amis. Le chef du MIAOU sera heureux quand nous lui transmettrons notre premier rapport.

Nous gravissons les marches du perron. La porte est percée de meurtrières qui laissent apparaître des canons de mitraillettes. Je ne crois pas que ce serait une bonne idée de sonner et d'attendre que le maître d'hôtel nous ouvre.

J'aperçois une petite fente semblable à une fente de distributeur de billets de banque. Une flèche clignote vers un écran à cristaux liquides où un petit lapin remue ses oreilles.

J'ai soudain une illumination.

– Paméla ! Sors vite la carte que nous avons trouvée dans le manteau de Mme MacGregor.

Elle fouille ses poches et me tend la carte de crédit en forme de lapin. Je la glisse dans la fente.

– Code ? demande le lapin sur l'écran.

Un avertissement décoré de têtes de mort apparaît alors. Paméla traduit le texte d'une voix blanche :

– Attention, vous n'avez droit qu'à un seul essai.

Si vous vous trompez, des mitraillettes Kalachester XWL automatiques, calibre 78, chargeur 4, made in Singapour, portée 18 km, vont vous tirer dessus par les meurtrières ménagées dans cette porte quintuple protection.

Faites votre prière si vous êtes un voleur ou si vous êtes amnésique.

Malédiction ! Nous ne connaissons pas ce maudit code ! Nous sommes fichus. Un compte à rebours se déclenche entre les oreilles du lapin :

– Dix... Neuf... Huit... Sept...

– Sauvons-nous ! trépigne Paméla.

Mais le temps de nous retourner et de descendre le perron, nous serons troués comme des passoires.

– Quatre… Trois…

Je me rappelle alors les paroles de Mme MacGregor au sujet du livre mystérieux de la Société Secrète. Il faut choisir. Taper une bêtise et mourir. Ou ne rien taper et mourir quand même. Je décide de choisir la première solution. Je tape « Beatrix Potter », le nom de l'auteur de *Pierre Lapin*.

Le compte à rebours s'arrête à un !

Le lapin se met à sautiller sur l'écran à cristaux liquides. Nous entendons les verrous se débloquer un à un. Il doit bien y en avoir cinquante-sept. Paméla me serre dans ses bras :

– Arnold ! Tu es un génie !

Et elle m'embrasse sur la joue.

8

Nous entrons dans un hall vaste comme un hangar d'avion. Tous les tableaux accrochés aux murs représentent des lapins. Lapin angora sur fond de neige, Sept lapins nains devant la maison de Blanche-Neige, Lapin noir dans les nuages, Lapin chasseur serrant la patte d'un cerf, Trois lapins blancs au clair de la lune mangeant des prunes comme des petits coquins. Les lampes sont tenues à bout d'oreilles par des statues de lapins dressés sur leurs pattes arrière.

Dans des vitrines, s'étale une fantastique collection de crottes de lapin. Je lis quelques étiquettes soigneusement placées devant ces perles animales :

Crottes du Lapin de César. Crottes du Lapin de Ramsès II. Crottes du Lapin de la reine Victoria. Crottes du Lapin de Beatrix Potter. Crottes du Lapin d'Alice au pays des merveilles... Il y en a des centaines ! Je ne savais pas que tous ces personnages historiques possédaient un lapin !

– Ne restons pas là, dit Paméla en me tirant par la manche. Il doit exister une pièce où les membres de la Société Secrète se sont réunis. Il faut la trouver.

Une pancarte lumineuse clignote au fond du hall.

LABORATOIRE SECRET
SUIVEZ LA FLÈCHE
ATTENTION À LA MARCHE !

Une nouvelle porte blindée nous attend avec le même système de sécurité. J'enfonce la carte de Mme MacGregor. Une phrase s'inscrit sous le lapin de l'écran liquide. Paméla traduit.

– Tapez le nom du cousin de Pierre Lapin. Vous n'avez droit qu'à un essai.

Je suis très fier de montrer mes connaissances à Paméla. Je tape « Jeannot » et la porte s'ouvre.

Je m'avance et je me casse la figure.

– On t'avait pourtant prévenu qu'il fallait faire attention à la marche, râle Paméla.

Je me relève en me frottant les genoux. Nous descendons un escalier. L'eau dégouline sur les murs en faisant des petites cascades. Paméla met un doigt sur sa bouche. Je la suis sans un bruit. Nous débouchons dans un sas. Une pancarte nous avertit que nous allons entrer dans le laboratoire secret et qu'il faut nous essuyer les pieds sur le paillasson pour ne pas apporter de microbes.

Nous obéissons et nous poussons la porte.

Des centaines de clapiers occupent une pièce immense. Des néons zèbrent le plafond. Des tuyaux transparents courent entre les néons. Ils approvisionnent en nourriture chaque clapier.

Dans le fond du laboratoire secret, deux femmes et deux hommes sont assis autour d'une table couverte de boutons. Nous reconnaissons Mme MacGregor à son pansement sur la tête. Les hommes sont habillés en combinaison. Le même dessin de lapin que celui de la fourgonnette blanche est brodé dans leur dos. Ils ont tous les deux une tête d'assassin. Ils se ressemblent trait pour trait. Ce sont certainement des jumeaux abandonnés par leur mère et élevés dans le crime ! Ce sont eux qui nous ont poussés dans le ravin.

Vengeance ! Vengeance !

La deuxième femme, très grande, aux cheveux blancs, a un teint pâle comme une endive et des yeux rouges !

– C'est Lady Carott, me souffle Paméla. Ce n'était pas à cause du flash que ses yeux avaient cette drôle de couleur sur la fiche Internet du chef. Elle est albinos ! Pas étonnant qu'elle élève des lapins.

Nous nous glissons derrière un énorme clapier qui pourrait contenir un lion. Lady Carott est en colère. Elle crie :

– You are stupid ! The french MIAOU secret agents will hold an inquiry on my royal rabbit project !

Comme vous ne comprenez absolument rien à ce que vous lisez et que Paméla me traduit au fur et à mesure les paroles anglaises dans mon oreille grande ouverte, je vais écrire directement en français :

– Vous êtes stupides ! Les agents secrets français du MIAOU vont enquêter sur mon projet de lapin royal !

– Nous avons pris nos dispositions, Lady Carott, répond l'un des jumeaux à tête d'assassin. Actuellement, le garçon et la fille se font manger les orteils par les poissons.

– Êtes-vous descendus dans le ravin pour vérifier ?

– Heu… non… Mais la chute était spectaculaire. C'est le plus beau point de vue de la région. On en parle dans tous les guides touristiques.

– Je me fiche du point de vue ! tonne Lady Carott. Je ne veux pas que mon royal projet soit bousillé par des débiles de votre genre. Quant à vous, madame MacGregor, pour votre punition, je vais vous transformer en granulés.

– Je vous en prie, Lady Carott ! pleurniche Mme MacGregor. Je ne pouvais pas deviner que ce garçon était un agent secret m'attirant dans un piège. Il lisait notre Livre Secret et j'ai cru que c'était un signe de reconnaissance…

– Il est trop tard pour vous excuser. Notre mission ne supporte aucune erreur. Enlevez votre manteau de lapin. Je ne veux pas de poils dans mes granulés.

– Non… non…

Je me serre contre Paméla. Pauvre Mme MacGregor ! Elle n'en mène pas large.

Les jumeaux tremblent de tous leurs membres. Ils s'écartent lentement. Lady Carott appuie sur un bouton rouge de la table. Une trappe s'ouvre sous les pieds de

Mme MacGregor qui disparaît dans un grand cri.

Nous entendons une grosse machine se mettre en route sous le plancher. Lady Carott sourit avec méchanceté. Les jumeaux assassins sortent chacun un mouchoir grand comme un drap pour essuyer leur front en sueur.

Le bruit de machine s'arrête. Lady Carott appuie sur un autre bouton. Les tuyaux d'alimentation transparents qui courent sur le plafond se mettent à vibrer.

Nous voyons des milliers de granulés voyager dans les tubulures avant de dégringoler dans les mangeoires des clapiers.

Les jumeaux avalent leur salive avec difficulté.

Les lapins se mettent à table.

– Bon appétit ! ricane Lady Carott.

9

J'ai la gorge sèche. Je regrette maintenant le temps des entraînements au camp du MIAOU. Nos ennemis y étaient faux. Tandis que, dans cette forteresse dédiée au Lapin, règne une meurtrière diabolique qui n'hésite pas à supprimer froidement ses complices.

Paméla me chuchote dans l'oreille :

– Il faut savoir ce qu'elle trame. Approchons-nous encore.

– Nous sommes très bien ici, planqués derrière ce gros clapier. Je ne veux pas disparaître dans la machine mystérieuse qui se trouve au sous-sol.

– Trouillard ! Un agent secret au service du MIAOU ne doit penser qu'à sauver les animaux !

– Ah bon ? J'ai pas dû lire les commandements jusqu'au bout. Vas-y si tu veux. Moi, je reste là.

Paméla me lance un regard noir. Elle

veut s'approcher quand, soudain, Lady Carott se lève.

– Apportez-moi les deux dernières créations, commande-t-elle aux jumeaux.

Le premier homme ouvre un clapier et revient en tendant la main.

– Qu'est-ce que c'est que ça ? demande Lady Carott d'une voix glaciale.

– C'est un lapin nain-nain-nain. Il tient dans une cuillère à café.

– Comme il est mimi ! Guili-guili-guili !

Lady Carott caresse le lapin miniature dans la main de son employé. Celui-ci est rouge de satisfaction.

– C'est le résultat d'une longue sélection de races naines, proclame-t-il, très fier de son exploit. Ce lapin nain-nain-nain vous assurera des économies de granulés. Il n'en mange qu'un demi à chaque repas.

Lady Carott relève son visage albinos. Elle ne sourit plus.

– Et tu crois que ce lapin nain puissance trois va me faire gagner le Grand Concours Royal des Lapins ?

– Ben... heu...

– Tu te rappelles les objectifs de notre Société Secrète ?

– Gagner le Grand Concours Royal des Lapins pour que notre lapin soit caressé par la reine d'Angleterre !

– Et tu crois que la reine d'Angleterre risque quelque chose en caressant cette puce pleine de poils ?

– Ben heu...

– Tu nous as fait perdre un temps précieux ! Le Grand Concours ouvre ses portes ce soir ! Ce lapin nain-nain-nain ne me sert à rien !

– Je vous en prie, Lady Carott. Je suis tout jeune encore. Je vais vous créer un super lapin dont vous me direz des nouvelles.

– Trop tard ! lance Lady Carott en appuyant sur le bouton rouge.

La trappe s'ouvre sous les pieds d'un des jumeaux qui disparaît à son tour dans un grand hurlement.

– Mes espoirs reposent sur toi ! déclare Lady Carott au jumeau survivant. Si je suis satisfaite du résultat de tes recherches, je t'épouse et tu deviendras Lord Carott.

– Il ne faut pas vous forcer, Lady Carott ! Vous ne le savez pas, mais je ronfle. Je serais un très mauvais mari.

– Montre-moi ce que tu m'as préparé. J'espère simplement que tu ne m'as pas fait dépenser inutilement mon argent pour créer un lapin microscopique.

L'homme grimace. Il tourne les talons et se dirige droit sur Paméla et moi.

Seigneur ! Nous sommes fichus ! Il va nous découvrir, nous reconnaître et nous livrer à Lady Carott qui n'attend que de nouvelles victimes pour fabriquer des granulés gratuits pour ses lapins.

J'adresse une petite prière au ciel. L'homme s'arrête devant le gros clapier. Il ouvre la porte et sort un monstre qu'il traîne jusqu'à la table.

– Qu'est-ce que c'est ? demande Lady Carott.

– Une lapine maousse XXXXXXXXXL. Je l'ai croisée avec un veau.

– Elle meugle ?

– Non. Les gènes du veau ont été soigneusement sélectionnés. Je n'ai retenu que celui de la taille. Cette lapine n'a ni cornes ni sabots.

– Heureusement, répond Lady Carott. Les cornes et les sabots sont éliminatoires pour le Grand Concours des Lapins. Elle pèse combien ?

– Cent trente kilos et huit cent trente-trois grammes et demi. Elle a été un peu malade la semaine dernière, mais maintenant cela va très bien. Je l'ai appelée Beatrix.

– Comme elle est mimi ! C'est une très belle création ! En plus, ce type de lapin est très économique : on peut tailler trois manteaux dans une seule peau. Viens ici que je t'embrasse. Mais non ! Je ne parle pas au lapin. Je te parle à toi ! Futur Lord Carott !

Le jumeau survivant n'est pas très rassuré. Il s'approche en traînant les pieds.

– Grâce à toi, je suis certaine de gagner ! Je vais enfin accomplir mon œuvre suprême ! Voir mon lapin caressé par la reine d'Angleterre ! Ha, ha, ha ! Viens ici que je t'embrasse, mon héros !

Elle lui plaque deux bises sonores sur les deux joues.

– Hélas, il faut nous dire adieu, murmure Lady Carott.

– Déjà ?

– Je ne dois laisser aucun témoin derrière moi.

– Mais...

– C'est un principe.

– On pourrait peut-être en discuter ?

– Pas le temps, mon cher. Merci tout de même.

Et le doigt de Lady Carott écrase une nouvelle fois le bouton fatidique.

10

– Maintenant, au travail ! chantonne Lady Carott.

Elle ouvre un grand frigo, sort quatre choux et les donne à Beatrix vautrée sur le carrelage.

– Mange, ma chérie ! Il faut prendre des forces pour le Grand Concours des Lapins. Tu dois être la plus belle !

Beatrix ne se fait pas prier. Elle commence à grignoter un chou. Le bruit de ses formidables dents évoque celui d'une tronçonneuse. Le chou disparaît en quelques secondes. Pendant que Beatrix entame le deuxième, Lady Carott sort trois couvertures en fourrure de lapin. Elle s'installe à sa table, ouvre une boîte de couture, chausse des lunettes, manie ciseaux et aiguilles. Elle place un poste de radio devant elle et le branche sur BBC Disco.

– Tralala ! Tralala ! chante Lady Carott avec Madonna.

– Qu'est-ce qu'elle peut bien faire ? chuchote Paméla.

– De la couture.

– Je le vois bien, triple buse ! Mais pourquoi coud-elle ensemble ces couvertures de fourrure ?

– Tu veux tout savoir avant les autres. Tu n'as qu'à attendre.

Claclaclaclaclaclac ! font les dents de Beatrix sur le dernier chou.

Cliclicliclic ! font les ciseaux de Lady Carott.

– Et voilà ! crie-t-elle en bondissant sur ses pieds.

Elle vient de fabriquer un véritable manteau-couverture. Elle le jette sur le dos de Beatrix. Pourquoi a-t-elle donc cousu cette chose ? A-t-elle peur que la grosse lapine attrape froid ? Beatrix porte pourtant une sacrée épaisseur de poils.

– Parfait ! Juste à ta taille.

Elle éteint la radio.

– Couic ! fait Madonna.

Lady Carott étale le maxi-manteau sur la table puis elle ouvre une malle d'osier. Elle en extirpe une dizaine de bâtonnets rouges qu'elle pose délicatement sur la table.

– C'est de la dynamite ! chuchote Paméla. Un explosif puissant. Il y a de quoi faire sauter le château.

Lady Carott fixe les bâtonnets de dynamite dans la doublure du maxi-manteau en ricanant. Quand elle a terminé, elle enveloppe Beatrix à l'intérieur.

– Maintenant, on dirait que tu pèses trois cents kilos ! s'exclame-t-elle d'un air satisfait. Tu seras mon instrument de mort, ma chérie ! Tu es contente ?

Beatrix bouge ses oreilles grandes comme des pales d'hélicoptère.

Une sueur froide me dégouline dans le dos.

Lady Carott vient de transformer Beatrix en bombe !

Après avoir brossé Beatrix de façon à ce que l'on ne fasse plus la différence entre ses poils et ceux du manteau rempli d'explosifs, Lady Carott hisse son monstrueux lapin sur un chariot.

Elle met en marche le mini-moteur indispensable pour transporter les lapins de trois cents kilos et sort du laboratoire. Paméla saute sur ses pieds.

– Suivons-la !

– Fouillons d'abord le laboratoire, dis-je.

Il faut récupérer le maximum de documents pour le chef du MIAOU.

– On a déjà tous les documents !

– Où ça ?

Paméla se frappe le front avec l'index.

– Les documents sont là ! Dans notre tête ! Tu ne vois donc pas que le plus urgent est de la suivre ? Elle transporte une bombe pleine de poils ! C'était ça son plan !

– Attends ! Nous devons d'abord libérer les lapins.

– Pas le temps !

– Nous n'allons quand même pas les sacrifier à la folie de Lady Carott ? Notre mission est de sauver les animaux !

Paméla baisse la tête.

– Tu as raison, Arnold. Si nous échouons, nous aurons au moins rendu la liberté à de pauvres animaux manipulés et exploités par la folie humaine.

J'ouvre le premier clapier plein de lapins angoras... En quelques minutes, nous libérons les lapins de l'élevage secret de Lady Carott. Il y en a de toutes les couleurs et de toutes les tailles. Certains ont des oreilles carrées, d'autres ont des moustaches qui traînent par terre, d'autres encore sont montés sur des pattes longues comme des échasses. Pauvres petits lapins victimes des manipulations de savants fous ! Ils grouillent autour de nous sans savoir où aller. Comment les entraîner dehors et les lâcher dans la riante campagne anglaise ?

– C'est toi l'expert, dit Paméla. Tu as paralysé le rat de Mme MacGregor avec ton cri-qui-tue-les-rongeurs-aux-yeux-rouges.

Il faut que je réfléchisse. Quel est le cri-qui-attire-dehors-les-lapins-modifiés-génétiquement ?

– Petits ! Petits ! Petits !

Aucune réaction. Paméla s'impatiente.

– Dépêche-toi, Arnold.

– Tu crois que c'est facile ! Il y a des lapins russes et des lapins japonais. Celui-là vient d'Amérique du Nord et celui qui a des poils en forme de spaghettis ne vit qu'en Italie. Il faut que je trouve un cri absolu qu'ils comprennent tous.

Paméla court vers un frigo, en sort une botte de carottes qu'elle me tend. Je l'agite au-dessus des petits museaux roses.

– Miam miam miam miam miam miam.

Les oreilles se mettent à bouger en cadence. Les lapins se pressent autour de moi. J'ai trouvé le cri ! Il faut les entraîner vers la sortie, mais comment faire quand on se retrouve au milieu d'une marée de poils ? Des vagues d'oreilles et de queues pompon manquent de nous renverser à chaque pas. Plusieurs gros lapins surnourris nous écrasent de leur poids. Paméla nage dans cette cohue jusqu'à la malle d'osier qu'elle entreprend de fouiller.

Je crie en agitant les bras :

– Au secours ! Lance-moi une bouée. Le courant des lapins m'emporte.

– Continue d'agiter tes carottes en lançant ton cri magique, me répond-elle. Sauve les lapins !

Elle sort des bâtons de dynamite et les attache avec un fil électrique qu'elle déroule derrière elle. L'océan de lapins déferle sur la porte du labo. Nous dégringolons dans les escaliers puis dans le hall d'exposition.

– Miam miam miam miam miam.

Les lapins ont l'air ravis de cette excursion. Quelle joyeuse bousculade vers la liberté ! Je suis certain qu'ils rient en leur for intérieur.

Arrivé sur le perron, je lance la botte de carottes le plus loin possible. Les lapins bondissent à sa suite et se dispersent dans le parc.

11

– Arnold, regarde ! Lady Carott s'enfuit dans la fourgonnette.

Le véhicule vient de passer les grilles de la propriété.

C'était les lapins ou elle. Nous avons choisi les lapins, mais je suis désolé :

– Comment allons-nous faire pour la suivre ?

Paméla m'indique la Rolls Royce noire de Mme MacGregor.

– Les clés sont dessus ! Profitons-en !

– Mais je ne sais pas conduire !

– Aucune importance ! Ces voitures se conduisent toutes seules.

Nous nous précipitons dans la Rolls. Paméla tient toujours son dérouleur de fil électrique.

– Mais qu'est-ce que tu fabriques avec ce machin ?

– Démarre ! Presse-toi ! Les portes de la propriété sont en train de se fermer.

Je m'assois à la place du conducteur mais, hélas, ne parviens pas à atteindre les pédales. Paméla se tortille à mes côtés.

– Bon ! On va continuer à travailler en équipe, déclare-t-elle. Toi, tu tiens le volant et moi j'appuie sur les pédales.

Je tourne la clé de contact, le moteur vrombit. La voiture s'arrache de sa place en marche arrière !

Elle emboutit une grosse potiche pleine de géraniums. J'enclenche enfin la marche avant. La Rolls part en zigzaguant.

Paméla a laissé sa portière ouverte. Elle tient un boîtier tout en donnant des coups de pied sur la pédale d'accélérateur. Nous passons les grilles qui rabotent la voiture dans un grand fracas. La Rolls perd une aile et ses deux pare-chocs. Aucune importance ! Ce tank de luxe est solide comme un roc.

– Nous sommes sortis ? demande Paméla qui ne voit rien.

– Oui.

– Stop !

Elle freine brutalement. Bonjour le dérapage contrôlé !

Paméla appuie sur le bouton rouge de son boîtier. L'impulsion électrique court le long du fil et rejoint l'explosif laissé dans le laboratoire secret.

BAOUM ! fait le château de Lady Carott.

Le souffle de l'explosion propulse la voiture une dizaine de mètres plus loin. Nous faisons deux tonneaux et nous retombons sur nos roues. Indemnes ! Le nuage de fumée se dissipe. La propriété de Lady Carott n'est plus qu'un tas de ruines ! Un mirador s'écroule.

Braves petits lapins ! J'espère qu'ils ont eu le temps de s'abriter...

La Rolls sautille d'impatience. Elle a hâte de se lancer à la poursuite de la fourgonnette de l'odieuse criminelle. Paméla s'accroche au tableau de bord en ronce de noyer et appuie sur les pédales. Quant à moi, je m'installe confortablement dans mon fauteuil en cuir de vaches écossaises élevées dans des champs sans barbelés pour ne pas faire d'accrocs.

Whaou ! Nous voilà partis dans un bruit de casserole.

Les yeux au ras du pare-brise, je tiens fermement le volant.

Paméla, à mes côtés, parvient à se hisser jusqu'à voir à l'extérieur. Elle veut me servir de navigatrice comme dans le rallye Paris-Dakar-Monaco-Triffouillis-les-Oies. Elle a heureusement conservé sur elle la carte d'Angleterre qu'elle consultait dans l'avion.

Comme tous les documents des agents secrets mondiaux, c'est une carte très précise.

– Attention, Arnold. À cent deux mètres, tu vas trouver une borne d'incendie plantée à droite d'une taupinière. Tu mets ton clignotant à gauche et tu tournes en faisant attention aux petites vieilles qui reviennent du marché. Puis on prendra un raccourci pour rejoindre l'autoroute.

Paméla est une navigatrice fantastique. Je suis un peu moins bon conducteur mais, que voulez-vous, c'est la première fois que je prends le volant d'une Rolls Royce.

Après avoir écrasé quelques éléments non identifiés, nous débouchons à fond de train sur une mignonne petite barrière blanche.

– Fonce ! s'exclame Paméla, les yeux vissés sur son plan. Tu traverses le jardinet et tu entres dans la maison. Derrière la salle à manger, il y a la cuisine et une remise. Nous devrons parvenir jusqu'à une pelouse bien entretenue qui nous emmènera direct à la bretelle d'autoroute.

– D'ac !

Je me couche sur le volant tandis que le pied de Paméla écrase l'accélérateur. La Rolls pulvérise la barrière et fait voler les nains de jardin avant d'escalader les trois marches du perron.

Nous entrons dans la salle à manger après avoir brisé la baie vitrée et nous croisons un petit vieux tranquillement assis dans son fauteuil. La calandre de la Rolls agrandit un peu la porte de la cuisine où une vieille dame fait cuire des confitures. Nous la saluons au passage et nous sortons par la remise avant de déboucher sur la pelouse arrière.

Le temps d'arracher les fils à linge et quelques rosiers et nous bondissons pardessus un fossé.

Le macadam ! La bretelle d'autoroute ! L'autoroute !

J'aperçois la fourgonnette blanche avec le lapin dessiné dessus à moins de cinquante mètres devant nous !

Nous nous frappons dans les mains en hurlant :

– POUR LE MIAOU. HIP HIP HIP ! HOURRA !

Nous prenons un échangeur sur les chapeaux de roues et nous entrons sur l'autoroute direction Londres.

– C'est bizarre, dis-je. Les voitures qui arrivent en face nous font des appels de phares, klaxonnent, sc mettent en travers et n'arrêtent pas de se tamponner.

Paméla fronce les sourcils et consulte son plan.

– Pourtant nous avons bien pris la direction de Londres ! Pourquoi est-ce qu'ils roulent tous à contresens ?

À cet instant, nous voyons poindre la fourgonnette blanche conduite par Lady Carott ! Beatrix, la lapine de trois cents kilos (explosifs compris), est assise sur le siège du passager. Lady Carott lui a mis des lunettes de soleil.

– Arnold ! crie Paméla. Nous nous sommes trompés ! C'est nous qui roulons à contresens !!!

La fourgonnette ne cherche pas à nous éviter comme les autres véhicules. Au contraire ! Elle fonce droit sur nous ! Je suis certain que Lady Carott a reconnu la Rolls de son ex-copine et qu'elle veut nous réduire en bouillie...

Paméla freine des quatre roues, je braque à fond et fais demi-tour. La fourgonnette nous dépasse dans un hurlement de cyclone.

Ouf ! Nous l'avons échappé belle ! Je m'essuie le front tandis que les voitures continuent à se caramboler autour de nous. La fourgonnette maudite disparaît à l'horizon, les oreilles de Beatrix flottant par la portière.

Nous avons perdu une autre aile dans la maison des petits vieux, une porte arrière sur la bretelle, la moitié du toit et les deux dernières ailes sur l'autoroute. Cela nous assure une petite ventilation agréable.

Maintenant nous fonçons dans le bon sens sans parvenir à rattraper la fourgonnette qui doit avoir un moteur trafiqué. Je m'en étais déjà douté quand elle poursuivait notre taxi.

Je demande à ma navigatrice-écraseuse de pédales :

– Tu ne connais pas un autre raccourci ?

Elle secoue son adorable tête. Ses superbes cheveux blonds dansent sur le fauteuil comme des flammes bouillonnantes.

– Nous savons où elle se rend. Ce n'est pas un problème ! Regarde les panneaux d'autoroute !

Je lis soudain :

(Traduction française pour les agents secrets du MIAOU : GRAND CONCOURS ROYAL DE LAPINS !!!!!)

Une flèche nous indique qu'il faut prendre la première sortie.

Comme les clignotants ne fonctionnent plus, je baisse la vitre et je tends mon bras par la portière.

Mieux vaut être prudent, n'est-ce pas ?

En suivant les panneaux du Great Royal Rabbits Show !!!!!, nous arrivons devant un immense parking rempli de fourgonnettes blanches avec des lapins dessinés dessus.

Un énorme lapin nous barre la route !

– Freine ! Paméla ! Freine à fond !

Elle appuie tellement fort sur la pédale du frein que son pied passe à travers le plancher de la voiture !

Dressé sur ses pattes de derrière, le gros lapin contourne le capot en se dandinant. Il a une queue en pompon avec un badge « POLICE » collé dessus !

– Hello ! dit, en anglais, le policier déguisé en lapin.

– Hello ! répondons-nous dans le même anglais.

Il n'a pas l'air commode. Sur sa cagoule à oreilles, il porte des lunettes en verre incassable à reflets bleus spécial anti-manifestation. Une matraque en forme de carotte se balance à sa ceinture cloutée.

– Vous avez votre invitation pour le Great Royal Rabbits Show !!!!! ?

– Heu... Nous l'avons laissée dans la fourgonnette de notre tante qui vient de passer, murmure Paméla avec un sourire à désarmer n'importe quel policier déguisé en lapin.

– Pas d'invitation, pas d'entrée !

– Soyez chou ! Nous sommes très en retard et nous sommes passés par des raccourcis dangereux. Notre tante, Lady Carott, va nous tirer les oreilles quand elle verra dans quel état nous avons mis sa Rolls Royce !

Paméla fait les yeux doux au policier. Moi, je lui souris d'un air niais. Il faut toujours prendre un air niais devant un policier déguisé en lapin, les instructeurs du MIAOU sont formels.

Le policier se gratte une oreille.

– Le Great Royal Rabbits Show !!!!! accueille les plus grands éleveurs de lapins du monde. La reine d'Angleterre doit remettre en main propre la coupe au vainqueur et elle doit caresser son lapin. Pour raison de sécurité, nous devons nous montrer très vigilants à l'entrée. Des terroristes pourraient tenter une action.

Je réponds sans réfléchir :

– La terroriste vient de vous passer sous le museau, monsieur le policier déguisé en lapin !

– Qu'est-ce que vous dites ?

Comme à son habitude, Paméla me flanque un coup de pied dans le tibia.

– Il plaisante, monsieur le policier. Mon cousin a le quotient intellectuel d'un poisson rouge en plastique.

– Vous avez les papiers de la voiture ?

– Je croyais qu'il vous fallait une invitation ? grogne Paméla.

Ça sent le roussi. Quand un policier commence à regarder les pneus et à vous demander vos papiers, vous pouvez vous dire que les ennuis commencent.

Je réponds en gardant mon air niais :

– Je les ai oubliés. De toute façon, je n'ai pas de permis et je ne sais pas conduire, je suis mineur.

Le policier ricane dans sa fourrure.

– En plus vos pneus sont lisses, vos clignotants éclatés et votre plaque d'immatriculation est couverte de confiture de fraises.

– C'était en traversant la cuisine d'une vieille dame.

– Votre compte est bon. Descendez de voiture et suivez-moi dans le local de police du GREAT ROYAL RABBITS SHOW !!!!!

Seigneur ! Nous perdons un temps précieux ! Nous allons être coincés pendant des heures dans ce local de police et la démoniaque Lady Carott va avoir tout le temps de tendre son piège !

13

Le policier nous pousse dans le local. Nous n'en menons pas large. Un autre policier est assis derrière un bureau. Il tape sur le clavier d'un ordinateur ancien modèle, gros comme trois télés. Il a bien du mal à appuyer sur les touches, car il porte d'épais gants en peau de lapin.

– Voici deux contrevenants, annonce le policier derrière nous. Ils n'ont pas d'invitation, pas de papiers et sortent d'une Rolls Royce défoncée couverte de confiture.

– Je vois, je vois... murmure l'autre en donnant une claque à son ordinateur. Vous êtes des terroristes !

Paméla me fait un signe de tête.

Nous nous comprenons immédiatement. Le danger est grand ! Si nous nous laissons menotter par ces deux policiers, nous ne pourrons plus agir.

Paméla montre l'ordinateur sur la table :

– Comme il est beau ! s'exclame-t-elle.

– Vous trouvez ? demande le policier. Moi, je ne suis pas convaincu par les couleurs.

– C'est parce que vous appuyez mal sur la pédale, répond Paméla.

– Ah bon ? Il y a une pédale sur ces ordinateurs ?

– Mettez-vous à genoux et regardez sous la table.

Le policier obéit. Paméla saisit l'ordinateur et le fait basculer en avant. Il se fracasse entre les deux oreilles de fourrure.

Assommé, le lapin s'écroule par terre. Pour ma part, je balance ma jambe en avant, fauche les pattes du gros lapin qui se tient derrière moi. Il valse dans une armoire métallique remplie de dossiers qui s'écroule sur lui à grand bruit.

Ces pauvres policiers n'avaient pas prévu l'attaque de deux agents secrets du MIAOU surentraînés aux sports de combat !

– Allons-y ! lance Paméla en se ruant vers la sortie.

– Minute, ma vieille ! Nous risquons d'être arrêtés une nouvelle fois. Le Grand Concours Royal de Lapins doit grouiller de flics anti-terroristes. J'ai une idée.

– Encore ? s'exclame Paméla. Je me méfie de tes idées, Arnold. Elles conduisent souvent à des catastrophes.

– Déshabillons ces policiers et enfilons leurs tenues. Habilement déguisés, nous passerons inaperçus.

– Que tu es intelligent, Arnold ! Nous pourrons ainsi nous mêler à la brigade anti-terroriste et approcher Lady Carott sans éveiller les soupçons.

Aussitôt dit, aussitôt fait. J'attrape le policier évanoui sous les dossiers. Au prix d'un violent effort, je parviens à l'accrocher au lustre par les pieds.

– Qu'est-ce que tu fais ? s'étonne Paméla. Ce type pèse près de quatre-vingts kilos ! Tu gaspilles tes forces.

C'est vrai que je sue comme un bœuf ! Le policier, pendu la tête en bas, se balance lentement.

– Si nous voulons prendre leur peau de lapin, c'est comme ça que nous devons procéder. On accroche toujours les lapins par les pattes avant de les dépouiller !

– Tu as raison ! Pendons l'autre de la même façon. Ce sera plus pratique.

Nous découvrons un crochet de boucher fixé au plafond. Je me demande à quoi peut bien servir un crochet de boucher dans un local de policiers... Sans doute à pendre les jambons qu'ils reçoivent en cadeaux de Noël.

Nous n'avons qu'à déboutonner leur

combinaison et à tirer lentement pour les dépouiller.

Ma combinaison est un peu grande. Je marche sur ma queue pompon. Paméla a justement des épingles de nourrice dans sa poche (un agent du MIAOU ne doit jamais se déplacer sans ses épingles de nourrice). Elle adapte ma combinaison et je fais de même pour la sienne.

Enfin ! Nous voilà prêts !

Afin de ne pas attirer l'attention, nous sortons du local en sautillant comme des lapins joyeux.

Un régiment de policiers déguisés en lapins de garenne armés jusqu'aux dents garde l'entrée du GREAT ROYAL RABBITS SHOW !!!!!

Je m'attends à ce qu'ils nous sautent dessus, mais mon idée se révèle excellente. Croyant qu'il s'agit de collègues, ils se rangent et nous laissent passer.

Le Show bat son plein. Des milliers de clapiers sont alignés dans le hall d'exposition. Une foule parlant les langues du monde entier se presse devant de pauvres petites bêtes terrorisées.

Les éleveurs et les entreprises spécialisées en accessoires pour le lapin se partagent les stands. On peut acheter des granulés bio, des cache-grandes-oreilles, des brosses à dents en forme de carotte et des appareils auditifs pour lapins sourds. Des maisons d'édition spécialisées dans le lapin sont aussi représentées. La principale est celle qui édite les œuvres de Beatrix Potter. Une gigantesque reproduction de Pierre Lapin vêtu de sa jaquette bleue a été accrochée au plafond, au centre de la salle. Et, presque en dessous, nous découvrons...

Beatrix et Lady Carott entourées de centaines de photographes !

Une voix hurle (en anglais) dans le haut-parleur :

– Nous avons le plaisir de vous annoncer que le jury vient de décerner son Grand Prix à...

Suspense affreux. La foule fait silence. Je tremble tellement dans mon costume que je dois prendre ma matraque en forme de carotte et la grignoter pour calmer mon excitation.

– Le vainqueur est...

Le suspense continue. Je crois que je vais avaler ma matraque. Le silence est si épais qu'on pourrait le découper au couteau.

– À l'unanimité, le jury a désigné le lapin de...

Mon Dieu ! L'attente est tellement longue que des visiteurs commencent à s'évanouir. Dans les cages, les lapins retiennent leur respiration. L'angoisse est totale.

– Après un vote massif et sans contestation possible, le GREAT ROYAL RABBITS SHOW !!!!! est remporté cette année par… LADY CAROTT et sa magnifique lapine BEATRIX !

Une grande clameur monte dans le hall. Les lapins concurrents et leurs propriétaires poussent un soupir de dépit. Je bondis autour d'un clapier en hurlant :

– ON A GAGNÉ ! ON A GAGNÉ !

Paméla me ceinture.

– Arrête de sauter partout ! Tu vas nous faire remarquer !

Là-bas, Lady Carott embrasse Beatrix et tous les photographes. Les flashs crépitent. C'est la consécration.

Le speaker reprend la parole :

– Mesdames et messieurs, la coupe sera remise au vainqueur par Sa Majesté la reine d'Angleterre. Mesdames et messieurs… LA REINE D'ANGLETERRE !

Un concert assourdissant de trompettes jouant l'hymne national se déverse sur nous. Tout le monde se met au garde-à-vous et se bouche les oreilles. La reine d'Angleterre va apparaître !

Lady Carott et Beatrix se raidissent. Elles se tournent vers le podium.

14

La reine d'Angleterre apparaît vêtue tout de rose avec un mignon petit chapeau à voilette. Pour l'occasion, elle porte un sac à main avec un fermoir en forme de lapin. Elle s'immobilise sur le podium et attend que les trompettes se taisent.

Dans un silence respectueux, elle descend alors les marches et se dirige vers le stand de Lady Carott. Des personnages perruqués avancent dans son sillage. Le premier homme porte une magnifique coupe d'argent.

– Vite ! me souffle Paméla. Approchons-nous avant qu'il ne soit trop tard. Rappelle-toi le manteau piégé de Beatrix !

Nous nous avançons. Un service d'ordre de policiers musclés, bardés d'armes redoutables, de talkies-walkies et de gyrophares, entoure la reine. Ils sont, eux aussi, déguisés en lapins. Le plus gros d'entre eux, qui doit être le chef, nous aperçoit.

– Venez rejoindre nos rangs. Vous ne devez pas quitter la reine d'une seule semelle, nous commande-t-il. Sinon, vous aurez une mauvaise note et j'enverrai un mot à vos parents.

Il nous prend par la peau du cou et nous jette parmi les policiers de son équipe. Nous sommes tellement proches de la reine que nous sentons son parfum. Elle sourit, la pauvre, inconsciente du danger horrible qui la guette.

Au bout de l'allée, Lady Carott attend son heure.

À ses pieds, barrant le passage comme un grand canapé, Beatrix remue le nez.

La reine s'arrête devant Lady Carott inclinée dans une très belle et très gracieuse révérence. L'homme qui porte la coupe la remet à un autre homme qui la remet à un autre homme qui la remet à la reine qui la remet à Lady Carott.

La coupe est tellement lourde que Lady Carott manque de se casser la figure en la prenant. Mais elle se rétablit sur ses talons et recule de quelques pas.

La reine sourit de toutes ses dents à Beatrix qui lui rend son sourire de la même façon.

– Quelle merveilleuse lapine vous avez ! s'exclame la reine. De quelle race est-elle ?

– Je l'ai créée pour l'occasion, répond cette hypocrite Lady Carott en se tordant dans une nouvelle révérence.

– C'est faux !

Je n'ai pas pu m'empêcher de crier au milieu des policiers.

– Chut ! me lance Paméla.

Heureusement, la reine ne m'a pas entendu.

– J'ai sélectionné soigneusement les gènes de cette créature lapinesque, poursuit Lady Carott toute mielleuse, pour qu'elle ait l'honneur d'être caressée par vos royaux doigts.

– Et ce sera avec grand plaisir, vraiment, répond la reine en retirant le gant de sa main droite. Il me tarde de sentir la douceur de ce poil aussi épais que la moquette de mon palais de Westminster.

– J'en suis flattée, Votre Majesté ! Et je vous assure que Beatrix, bien qu'elle ne puisse vous répondre en faisant la révérence obligatoire, est tout aussi fière que moi de votre royal désir.

– Les photographes, en place ! hurle le chef des policiers déguisés en lapins. La reine va caresser le lapin vainqueur.

Les photographes se rangent dans un chahut excité. La reine fixe les objectifs.

Elle tend la main pour caresser Beatrix tandis que Lady Carott recule, recule, recule...

15

– C'est le moment ! crie Paméla.

Elle fait une prise de karaté au chef des policiers, tandis que je bouscule ceux qui s'interposent. La reine ouvre des yeux ronds. Les photographes poussent des cris. Les policiers vocifèrent dans leurs talkies-walkies, actionnent leurs gyrophares et leurs sirènes. Quelques flashs crépitent. Beatrix se dresse sur ses pattes. Lady Carott sort un détonateur de sa poche et s'élance dans l'allée centrale en assommant ceux qui la gênent avec la coupe du Grand Prix. Elle veut sauver sa peau, mettre le plus de distance entre elle et l'explosion !

Je hurle à Paméla :

– Rattrape-la ! Tu as toujours été meilleure que moi au soixante mètres ! Je m'occupe du manteau !

Pendant que Paméla pique un sprint dans son costume de lapin, je me jette entre la reine et Beatrix. Pourvu que Paméla rattrape Lady Carott avant qu'elle n'appuie sur le bouton de mise à feu de son détonateur électronique !

– Oh ! Shocking ! s'exclame la reine. Ce gros lapin attaque la gagnante du concours !

– Je ne suis pas un lapin, madame la reine ! Je suis agent secret du MIAOU. Cette lapine est truffée de dynamite ! Elle va vous péter à la figure dans quelques secondes ! Fuyez, madame la reine d'Angleterre ! Sauvez votre royale couronne !

– Mais je n'ai pas de couronne aujourd'hui !

– Sauvez votre royal chapeau ! Je vous fais rempart de mon corps ! C'est un attentat ! Fuyez ! Courez !

– Une reine d'Angleterre ne court jamais !

Je lève la tête. Lady Carott, elle, court comme une dératée autour du hall d'exposition, poursuivie par Paméla qui commence à faiblir.

J'enlace Beatrix qui se débat comme un beau diable. La pauvre ne se doute pas que je veux lui sauver la vie ! Où sont ces maudits boutons-pression camouflés dans les poils ? Je les sens enfin ! Je tire dessus. Ils se détachent les uns après les autres. Vite ! Vite !

Je retire le manteau cousu de bâtonnets de dynamite.

– Oh ! fait la reine.

– Oh ! font les policiers.

– Oh ! fait le public.

– ... ! font les lapins dans leurs clapiers.

Je me relève d'un bond. Beatrix a maigri à vue d'œil. Chaque témoin constate alors qu'il s'agit d'un redoutable piège animal. Je cours à toute vitesse vers la sortie, car je viens de voir Lady Carott s'y diriger.

Je coupe à travers le hall. Sautant par-dessus les clapiers, j'agite le terrible manteau piégé comme la bannière de la vengeance.

Lady Carott, en me voyant arriver, effectue un dérapage contrôlé sur ses talons hauts.

Je crie :

– Halte ! Service secret du MIAOU !

Son visage est déformé par la rage.

– Vous ne m'aurez pas !

Elle me balance sa coupe à la figure.

BING ! fait mon crâne.

Des milliers d'étoiles s'allument devant mes yeux. Mais j'ai le temps de lui lancer le manteau sur la tête avant de m'effondrer.

Aveuglée par la fourrure, elle continue sur sa lancée et, mains en avant, se dirige en titubant vers la porte de sortie. Elle part à l'aveuglette sur le parking, se prend les pieds dans le manteau et tombe par terre de tout son long.

Elle devait mal tenir son détonateur. Car son index appuie dessus à cet instant précis.

Paméla me rejoint. Une formidable explosion retentit. Le hall tangue comme un bateau en train de couler. Mais il tient bon.

Quand la fumée se dissipe, nous nous frottons les yeux.

Sur le parking, alors que des morceaux de fourgonnettes blanches finissent de tomber du ciel, il n'y a plus qu'un grand trou noir.

ÉPILOGUE

– Le MIAOU est fier de vous ! dit le chef en nous tapant sur l'épaule. Vous avez sauvé la couronne d'Angleterre !

Paméla se tient raide devant le bureau. Quant à moi, je suis tellement gonflé d'orgueil que je sens ma chemise prête à éclater.

– Pour récompenser votre courage et votre témérité, la reine d'Angleterre m'a adressé ces médailles que je vais accrocher illico sur vos poitrines valeureuses.

Ouille ouille ouille ! Je croyais que les médailles s'accrochaient sur le tissu. Pas sur la peau ! Ça fait mal, mais je suis content quand même.

– Ne pleure pas, Arnold, me dit le chef. Un agent secret doit rester maître de ses sentiments.

Facile à dire !

– Vous ne finirez pas dévorés par les crocodiles, poursuivit-il. Et maintenant UNE AUTRE SURPRISE !

Il sort un énorme paquet-cadeau de sous son bureau.

– Voici un autre présent de la reine d'Angleterre. Elle l'a expédié par la poste pour vous ! Regardez les beaux timbres. Vous pourrez les récupérer pour votre collection.

C'est Noël avant Noël ! Paméla et moi sommes très émus. Qu'y a-t-il dans cet énorme paquet ? Une console de jeux avec son ordinateur et son bureau ? Une maxi maison de poupées ? Une paire de rollers seize roulettes pour couple ?

La joie fait trembler nos doigts quand nous déballons le colis sous le regard attendri du Chef.

Une carte parfumée signée de la reine d'Angleterre a été collée sur le paquet.

En souvenir d'un explosif
Great Royal Rabbits Show!!!!!
Votre reine préférée
qui vous fait de gros bisous sur les joues.

Quand nous ouvrons le colis, deux grandes oreilles s'en échappent. Une tête connue apparaît et nous fait un clin d'œil.

BEATRIX !

AGATHE EN FLAGRANT DÉLIRE
Sarah Cohen-Scali.

À L'HEURE DES CHIENS
Évelyne Brisou-Pellen.

ALLÔ ! ICI LE TUEUR
Jay Bennett.

ARRÊTEZ LA MUSIQUE !
Christian Grenier.

ASSASSIN À DESSEIN
Claire Mazard.

L'ASSASSIN CRÈVE L'ÉCRAN
Michel Grimaud.

L'ASSASSIN EST UN FANTÔME
François Charles.

@SSASSINS.NET
Christian Grenier.

BASKET BALLE
Guy Jimenes.

LE CADAVRE RENVOIE L'ASCENSEUR
Hervé Fontanières.

CENT VINGT MINUTES POUR MOURIR
Michel Amelin.

CHAPEAU LES TUEURS !
Michel Grimaud.

LE CHAUVE ÉTAIT DE MÈCHE
Roger Judenne.

COUPABLE D'ÊTRE INNOCENT
Amélie Cantin.

COUP DE BLUES POUR DAN MARTIN
Lorris Murail.

COUPS DE THÉÂTRE
Christian Grenier.

DES CRIMES COMME CI COMME CHAT
Jean-Paul Nozière.

CROISIÈRE EN MEURTRE MAJEUR
Michel Honaker.

DAN MARTIN DÉTECTIVE
Lorris Murail.

DAN MARTIN FAIT SON CINÉMA
Lorris Murail.

DAN MARTIN FILE À L'ANGLAISE
Lorris Murail.

LE DÉMON DE SAN MARCO
Michel Honaker.

LE DÉTECTIVE DE MINUIT
Jean Alessandrini.

DRÔLES DE VACANCES POUR L'INSPECTEUR
Michel Grimaud.

DU VENIN DANS LE MIEL
Évelyne Brisou-Pellen.

L'ENFER DU SAMEDI SOIR
Stéphane Daniel.

LES FICELLES DU CRIME
Nathalie Charles.

FOLLE À TUER ?
Catherine Missonnier.

HARLEM BLUES
Walter Dean Myers.

L'HÔTEL MAUDIT
Alain Surget.

L'INCONNUE DE LA SEINE
Sarah Cohen-Scali.

LE LABYRINTHE DES CAUCHEMARS
Jean Alessandrini.

LA MALÉDICTION DE CHÉOPS
Jean Alessandrini.

MENSONGE MORTEL
Stéphane Daniel.

MEURTRES À L'HARMONICA
François Charles.

MORTEL COUP D'ŒIL
Marie-Florence Ehret – Claire Ubac.

MYSTÈRE AU POINT MORT
Évelyne Brisou-Pellen.

NE TE RETOURNE PAS
Lois Duncan.

cascade

Policier

LA NUIT DE L'ÉTRANGLEUR
Évelyne Jouve.

L'OMBRE DE LA PIEUVRE
Huguette Pérol.

OMBRES NOIRES POUR NOËL ROUGE
Sarah Cohen-Scali.

ON NE BADINE PAS AVEC LES TUEURS
Catherine Missonnier.

L'ORDINATUEUR
Christian Grenier.

L'OURS SORT SES GRIFFES
Jean Alessandrini.

PAS DE QUOI RIRE !
Jean Alessandrini.

PIÈGES ET SORTILÈGES
Catherine Missonnier.

POURSUITE FATALE
Andrew Taylor.

QUI A TUÉ ARIANE ?
Yves-Marie Clément.

RÈGLEMENT DE COMPTES EN MORTE-SAISON
Michel Grimaud.

SIGNÉ VENDREDI 13
Paul Thiès.

LA SORCIÈRE DE MIDI
Michel Honaker.

SOUVIENS-TOI DE TITUS
Jean-Paul Nozière.

UN TUEUR À LA FENÊTRE
Stéphane Daniel.

LE TUEUR MÈNE LE BAL
Hervé Fontanières.

LE VAMPIRE CONTRE-ATTAQUE
Hervé Fontanières.

LES VISITEURS D'OUTRE-TOMBE
Stéphane Daniel.

LES VOLEURS DE SECRETS
Olivier Lécrivain.

LE COMMANDEUR

LE CACHOT DE L'ENFER
Michel Honaker.

LE CHANT DE LA REINE FROIDE
Michel Honaker.

LA CRÉATURE DU NÉANT
Michel Honaker.

LE DANSEUR DES MARAIS
Michel Honaker.

LE GRAND MAÎTRE DES MÉMOIRES
Michel Honaker.

LES LARMES DE LA MANDRAGORE
Michel Honaker.

MAGIE NOIRE DANS LE BRONX
Michel Honaker.

LES MORSURES DU PASSÉ
Michel Honaker.

LES OMBRES DU DESTIN
Michel Honaker.

PÉRIL ANGE NOIR
Michel Honaker.

RENDEZ-VOUS À APOCALYPSE
Michel Honaker.

LE SORTILÈGE DE LA DAME BLANCHE
Michel Honaker.

TERMINUS : VAMPIRE CITY
Michel Honaker.

L'AUTEUR

Michel Amelin est né en 1955. Après avoir vécu à Angers, sa famille s'installe à Pornichet en Loire-Atlantique et il va au lycée de La Baule avant de devenir instituteur en 1975. Pour rester jeune de caractère il a choisi, depuis près de vingt ans, de n'enseigner que dans les classes maternelles !
Il vit maintenant à Montrelais, un petit village des bords de Loire, avec sa femme et ses deux enfants, Hugo et Roxane.

L'ILLUSTRATEUR

Pierre Duba est né en 1960 en Angleterre. Après cinq années aux Arts Décoratifs de Strasbourg, il devient un faiseur d'images et d'histoires.
Il crée ses propres bandes dessinées ou il fait des images avec le texte des autres.
Une question le turlupine sans cesse : « Quelle image dessiner ? Il y en a tant et toujours de nouvelles ! » Et Pierre Duba voudrait les dessiner toutes.
Il vit actuellement à Béziers avec sa famille.

Achevé d'imprimer en mars 2001
Dépôt légal : mars 2001
N° d'impression : 89290
N° d'édition : 3554